文學の森
Haiku-Library

句集

不思議の国

萩山栄一

文學の森

序

萩山栄一は、静岡県でも有数な名門、韮山高校を出て早稲田大学の教育学部に学び、高校の国語科教師となって、自らは好きな文学や哲学の勉強をつづける。そんな過程のなかで当然俳句にも出合い興味を抱き、平成の初期、熊谷愛子の「逢」に所属して盛んに創作活動を起こす。

現代俳句協会賞も受賞の熊谷愛子は、その出立が「主流」からであり、僕にとっては親しい句友の一人であったので、その門下の萩山の存在は知っていた。それから三十年ほどはとりたてて交流は無かったが、最近になって「豈」に拠る彼に「俳句原点」（口語俳句年鑑）への年間自選作品の出稿を誘ったところ、作品とともに数篇のエッセーまで添えてくれる。エッセーの内容は、若者の間で文語が殆ど顧みられていない現状にかんがみ、二十一世紀の俳句は口語表現となっていくであろうといった展望に基づくものであるが、それが単なる常識論を超えた説得性ある論述となっており、諾える点が多い。

そういえば一九九七年、現代俳句協会青年部は『21世紀俳句ガイダンス』と題する論・作のアンソロジーを出版しており、第八回「20世紀俳句の功罪」と第九回「俳句、21世紀の夢」の青年部シンポジウムもそれに収載していて、まだ三十代の萩山栄一はこれに参加している。

萩山は、俳句形式を優れたシステムと観じているだけに、その思考は日本の短詩型の伝統を踏まえているといえよう。そしてそれは、先述の文学・哲学好きの教養に裏づけされているかに思われる。要は、その彼が僕らの陣営といってよい〝口語俳句〟に急速に近づいて来た最近の情勢にある。

卵割る　大地と海を創り出す
　棒高跳び梅雨空ならば越えられる

本年六月の「主流」句会出句の作品であるが、前句の「卵割る」行為が「大地と海を創り出」したとする一種のメタファー（暗喩）の手法、そして後句の内容が、

　五月雨の空吹き落とせ大井川　　芭蕉

をすら連想させる〝読み〟を呼び込む等々、彼の作品はわれわれの句会に確実に新風を吹き込んでいるようだ。ことほど左様に句集『不思議の国』の作品の中には、いわゆる新風とおぼしき句が散在する。そして、それらの作品がおおむね口語をツールとして詠まれているのも一つの〝希望〟につながるのだ。

なお、これは蛇足かもしれないが、彼が最も信頼する評論家に柄谷行人がいる。氏は最近『憲法の無意識』なる著作を刊行。これは――カン

トの『永遠平和のために』、またアウグスティヌスの『神の国』の理念に基づく日本国憲法九条は、フロイトが「超自我」と呼ぶところの（日本人の）〝無意識〟によってそれが破られることはない、それどころか日本だけが成し遂げることができる〝平和の世界革命〟の原動力だ――とする哲学を説いている。（「9条の根源」朝日新聞16・6・14）

ここにいう超自我なり無意識なるキーワードは、ある過酷なる体験のあとに来る一種の内面欲動とも考えられ、これはしばしば創造の意欲につながるもので、萩山栄一の口語俳句の中にもそれを髣髴させるものを見ることができる。

ともあれ、萩山にとっておもしろくて仕方がない俳句――その集積がここに世に出ることの意義は大きい。もしかして著者には〝口語俳句第二の出発〟の旗手を期待してよいのかもしれない。

二〇一六年　盛夏

主流社　田中　陽

句集　不思議の国　目次

序　田中　陽　1
俳句　9
不思議の国のアリス　161
エッセイ　175
終わりに　182

装丁　毛利一枝

句集　不思議の国

俳句

父死んであくまで赤い躑躅《つつじ》かな

炎天や眼だけ溶け残っちまった

ラスコーリニコフに贈る手袋よ

冬立つや山は空より遠く見え

年送る女は足を組み変えて

寒入りよ海は無数の眼を持って

アヴェマリア寒月光の螺旋階

八百万の神の手見えて大焚火

寒落暉モーゼの道を示せ　今

フルートを唇にあて冬に入る

冬の波ショパンの十指つぎつぎと

クリスマスイヴ世界樹を登りたい

馬にまたがり白富士と天を奪い合う

蠍座の尾は我が胸に冬暁

夜の吹雪空は剝落《はくらく》し続けて
冬牡丹ひと口中に闇を飼う

巻き戻し早送りして春の滝

コインロッカー這い出る何か春の闇

胎道を這い出す記憶木下闇

広島や一つの影も無いひだまり

八ケ岳銀河の滝は滾り落ち
かなかなに追われ追われて転生する

石榴《ざくろ》かむ　日本の混沌《カオス》噴き出した

秋晴れの森は女陰の暗さかな

南天の実よ曇天に渦を成せ
霧光る貴方をただの穴として

火祭りの焔しずくの形をして

焼鳥よ空の残り香嗅いでいる

あかりより闇あたたかい　秋の暮れ

炎天を吸い込んでいる　ビール壜

おしぼりで汗を拭えばのっぺらぼう

稲光魚に手が生え足が生え

鳥人は狩り尽くされて誘蛾灯

ひまわりやムンクの叫びそのままに

大脳に蜜蜂巣食う世紀末

指が腕が内臓が溶け虫の闇

万世一系の流人の裔《すえ》は赤とんぼ

隠岐の島波銀漢をさかのぼる

君を見た目から胃壁の夕焼ける

人間のいない浄土絵　秋桜

秋の風どこまで降りる螺旋階

湖は秋　人類絶滅後の蒼さ

葉牡丹よ誰も戻らぬ迷宮《ラビリンス》
透明人間トレンチコートを脱いだなら

凩や湖は顔面神経痛

裸木の脇くすぐると死んじゃった

紅のさえずりのあり寺の庭
荒海へちちろの篝火をたどる

メビウスの輪を歩みおり蟻とともに

春雨や夜のはらわたに降りしきる

冬の海波が消しあう静寂《しじま》かな

別世界《パラレルワールド》の僕が覗いている泉

蒼天へ冬の噴水崩れつつ

真夏日　日本列島をくびり殺した

春雨や髪は濡れるに任せている

木漏れ日に染まりに行こう木の芽時

マラソンの靴音遠ざかり行く冬

鬱病の蟬鳴いている富士ふもと

秒針に揺り戻しある冬至かな

わたつみの心臓となれ冬木立

嬰児《みどりご》がマンマンマと木の芽時

鳥うち帽の亡父《ちち》のまなうらへ花よ降れ

父逝くや春三日月がしとねである

囀りは火花や富士を取り囲む

木の芽時全ての毛穴かゆくなり

薄の穂　今　日輪を孕《はら》んでいる

富士登山睫毛にかかる冬の虹

階段の影折れ曲がる冬至かな

春一番手にザリザリと無精髭

春の波尻取り遊び始まって

嬰児《みどりご》がこぶし握って春の波

シャンプーを洗い流して春惜しむ

パソコンに0000《ゼロゼロゼロゼロ》　夜長

立春や輪ゴムを指で引っぱって

「太陽がいっぱい」蜘蛛の巣の露よ

行く春や雲ひとかけら舌に乗せ

雲に乗る夢を見た朝　若葉風

紫陽花や未生以前の記憶あり

若葉風空一斉に揺れ出して

星空の果てへ卯波がうち寄せる

ラジオ体操の腕梅雨空をかき分ける

腰痛の「考える人」梅雨の冷え

腕組んで仁王立ちして寒に入る

ジグソーパズルの最後のピース梅雨明ける

球体を巡る五月のバトンリレー

念入りに洗う足裏梅雨の入り

「上を向いて歩こう」束の間梅雨晴れ間

梅雨空を突き破ろうとダッシュする

黒揚羽大空覗く穴となれ

「イチニツイテヨーイドン」とて梅雨明ける

長梅雨や白髪混じりの髭を抜く

白蝶よ空の無限に円描け

蕊残し落ち尽くしたる躑躅《つつじ》かな

時超えて万葉の蝶参上せよ

夏休み明け蟬のむくろのまるまりて

秋天の裏へうさぎのかくれんぼ

秋風のレモンのしずく唇に受け
アクセルを踏み虫の音の無き国へ

口開けて舌で味わう春の闇

湖はくらげ　触手を伸ばす秋

透き通るこの身散らすよ秋の風
金もくせいの香りや僕が溶けてゆく

今ここで壁抜けしたい秋の朝

雲一片秋のプールを通り過ぎ

走り高跳び太陽へ帆となって

雀蜂青の無限を追い続け

梅雨寒の私　提灯鮟鱇です

はずしたりつけたり秋の老眼鏡

恐竜の絶滅見たか鰯雲

亡き友に酒注いでいる春の月

脳天から孵化したアゲハ火山湖へ

トランペットを太陽へ吹く五月かな

大寒の闇　惑星は弾き合う

犬連れる僕に首輪よ夏の果て

学校のプールつぶやく落ち葉かな

アポロンよ我が心臓をつかみ出す

ポケットやかじかむ指で明日つかむ

跳び箱を跳べばジュラ紀の大地かな

ポケットに手を突っ込めば寒の入り

マスクすれば唇裂ける音がする

君去れば座る人なき冬の椅子

冬の朝雲ドラゴンの背に乗って

サックスの指滑らかに木の芽時

「イチタスイチハニー」カメラが造る笑顔かな

逢い引きよ靴底に花びらを付け

如月よ太陽へ弓引き絞る

大津波皆の魂奪い去り

さすらいの悪夢の果ての辛夷かな

天啓よ雨滴を受けるスキンヘッド

君が代の歌えない僕寒椿

卒業式プールに雨の降り注ぐ

不老不死の仙薬を恋う冬至かな

イザナミの恥毛かき分け田植えかな

「悪法も法なり」秋の蚊は潰す

夏の入りドラムの腕は交差する

瞬くよ良い子へ星の子守歌

薫風の天まで届けシャボン玉

富士山よエールの腕が抱いている

躑躅《つつじ》咲く血を滴らす「箱男」

誘導の白い手袋春真昼

献血の注射はチクリ若葉時

足跡に海のしみ出す九月かな

新しい世界の扉春の風

陰茎の森　ヘンゼルとグレーテル

パラレルワールドのはざま那智の滝

革命のない日本よ紀元節

一歩ずつデューンへ続く熱砂かな

イザナミの乳首水平線に日と月と

海風よ原子に戻る我が体

刺客の槍よ炎帝の心の臓

黒揚羽蝶を纏《まと》いて眠り姫

冬の灯よ車窓の顔を流れ行く

照る照る坊主首吊り人ら揺れている

エスカレーター昇り行く先虹か死か

アフリカの犀売る歳末感謝祭

大晦日渋谷新宿池袋

故郷よ時計が溶けている渚

橋桁にマフラーで首を吊る　アニマ

死に神とマフラー結んでいる　前世

多重人格は人の世の常猫の恋

たこ焼きや青い地球を舌に乗せ

冬景色切り裂きゲリラ豪雨かな

水平線へ「く」の字と「へ」の字冬かもめ

海夕焼け陽は体内に戻り行く

脳内をクラゲがロンド踊る　会議

リストカットする少女らよ冬夕焼け

与太郎が呵々大笑の天高し

木枯らしは竜よ勇者は立ち向かう

抜く棘の傷は湖面の紅葉かな

天上の紺の滴る葡萄かな

どんぐりのいのちのきしる足裏《あうら》かな

フランス革命

振り向けば首累々と微笑する

無を摑むおぼれる指よ蓮の花

はつなつの虹神々の腕相撲

爪立てて壁よじ登る冬の陽へ
夜が来る聖なる神が土下座して

三日月はギロチン　一歩進み出る

薔薇の迷宮《ラビリンス》に惑う朝日かな

櫂折れて言葉の海に溺死かな

蝶飛び去る走って影を踏んだのに

縄跳びはさなぎ　羽化してゆく少女

テーブルを拭くとくっきり秋の顔

一輪車の目玉睨んで遠ざかる

秋天や悪魔のしっぽ見え隠れ

座敷わらしを串刺しにして稲架の列

黙示録炎の舌の現れて

天高しガメラは飛んで炎吐く

曼珠沙華ゴルゴダの坂一歩ずつ

「汚れっちまった悲しみに」クリーニング

ピーターパン・シンドロームよジャンケンポン

夢覚めてうつつに垂れているつらら

人類の後裔《すえ》のゴキブリ叩き殺す

ピノキオの踊る影あり春満月

蒼天へ卵を産み落とす女

指を組むように連山今日より冬

秋天より一筋垂らす白髪かな

寒満月見回すとみなのっぺら坊

見上げれば顔・貌・かお・カオ紅葉山

大焚き火少女の売ったマッチから
コスモスよ指を鳴らせば回り出す

空を飛ぶシルクハットに小人たち
スカートはヒラリヒラヒラ長縄跳び

あくまでも黒い太陽大津波
木に登り手伸ばす天の頂へ

せせらぎが指の先まで充ちてくる

山彦や十年前の声返る

朝鮮や日本全国秋風裡

ピアニストの五指心臓を飛び跳ねる

幻聴の木枯らし血管かけめぐる

眼瞑れば輝き始め夜の海

三日月がギロチンならば首は地球《テラ》

ぺちゃくちゃとおしゃべり始め木の芽たち

手に持って投げる石ころお菓子になあれ

蛍袋王冠かむる小人たち

「またきてくれたのね」自販機しゃべる冬至の夜

蓮の花涙の池に身を投げる

寒の入り九九を小さく口ずさむ

ゴロゴロゴロ卵転がる笑いかな

「我が輩は猫である」腕組みをする
立ち泳ぎできない僕よ蟬時雨

紅葉山ダイヤスペードクラブハート

折り紙の桜　黄色く青く赤く

折り鶴よ翼作っている少女

「大賢は大愚に似たり」桐一葉

卒業生退場どこへ行ったやら

ニッポンよ自分の影を消し続け

波は渚に僕はあなたに恋してる

浮き富士やそこは天国一丁目

茶畑やスターダストは地上にある

毬栗よいじめ体罰ヘイトスピーチ

こなごなに砕け散った虹　大地掘る
掌に水搔き生えて夏の空

アメーバが功徳を積んで僕生まれ

病める子の蒼い血管　秋の空

足首が痛み地球は病んでいる

鍵はペニス鍵穴はなに春近し

目薬や透明人間見るために

立冬や僕の棺を埋める穴

月光がまぶたにキスをしていった
立ち泳ぎ人魚が死んだ泡の中

日の入りや光は闇を抱擁して

海を見てそら豆莢《さや》を飛び出した

ヴィーナスの誕生　チューリップが開き
渚にて泡立つ海を飲み干した

銀河系海のきらめき渦巻いて
過疎の地の子ら神隠し隠れん坊

満天星涙の凍る雪女

苺つぶす「ヒトヲコロシテミタカッタ」

手を離れた風船どこへ吹雪の夜

海神の髪の漂う港かな

天の川布団は宙に浮いている

蟹を嚙む唇から血を滴らせ

あめんぼと映るアメンボまぐわって
ダイビングして少年は竜となった

イソギンチャク　盾を構えてペルセウス

梅干しを天のへそとして置いた

手を開く礫の傷か弾痕か

丑三つ時海月と乳房発光する

人柱　河母親に牙をむく

定年や賽の河原で石を積む

少女らは水子の魂の手鞠歌

我が影から闇がにじんでくる足裏

直線と曲線交尾して富士山

暁暗や蛸　男根を這い上がる

絶望へ立つボクサーよ鶏頭よ

よく噛んで生き続けてきて　吐き気

太陽の最期の色で柿落ちる

浄蓮の滝　幾千万の蝶飛んだ

富士山頂流れる雲に身を任す

桃ザックリギロチンが襲う桃太郎

虹の根に賢者の石を探している

父母として日月守る夏野かな

マハーバーラタ虹吹き上げる象の鼻

子の給う青いどんぐり握りしめ

子を抱くと女性すべてが聖母めき

「ユウヤケコヤケ」園児にならい腕を振る

蒼天へチーター空を駆け抜ける

獅子に非ず富士に咆えるはソクラテス

ウパニシャッド尻美しいキリンたち
まんじゅしゃげ東京湾を裁断する

怒濤から七色の竜昇天する
心臓は脈打ち星は瞬いて

両の手のこぶし開くと噴火する

耳鳴りや脳内に蝉飼っている

夏の果て海に太陽溶けてゆく

白鳥のヤマトタケルは去り夏空

火の鳥が今飛び去った春の空

春の風大地のもらす大あくび

雹降るや亡父《ちち》シベリアで草を食べ

白蝶よ誰かの生まれ変わりとか

マッチする少女ホワイトクリスマス

春眠や胡蝶となって陽へ飛んだ

遺伝子のすべてが目覚め春一番

去年今年メトロノームはカチカチカチ

眼つむれば炎の町よ日向ぼこ

歯を立てる林檎の白さ極まりて

バスケットボール　太陽を奪い合う

大風やサルビア地獄極楽図

回転扉　礫の男たち

フクシマよバベルの塔はいくつ崩れ

不思議の国のアリス

オイデオイデするすすきたち　うさぎ穴

紅白のクイーンが抱き合う涅槃

背伸びしてコツンと月にぶつかった

トランプのジャック這い出す　春の宵

振り向いても鏡地獄は抜け出せず

雪降れば月へ兎に羽根生えて

ニタニタと笑うチェシャ猫　三日の月

ひそひそと伝言ゲーム薄原

指と指絡め鏡の国へたつ

アルファベットZの後は黙示録

全身にバターたっぷり春満月

自画像よ鏡の我は嘲笑う

バンダースナッチの目玉は釣瓶落としかな

薔薇垣根わいわい叫ぶ子どもたち

鬼百合の歌うワルツを踊っている

割り箸割る　海老・たこ・烏賊《いか》が踊ります

「眠れない夜」　半身を求め行く

パンドラの箱を開けば鳩ぽっぽ

ジャバウォックの爪　陸奥《みちのく》のつららかな

人差し指より鏡の王国へ

チェス盤の白のクイーンはアリスである

エッセイ

沖縄

「沖縄は本土防衛の盾にされた」

修学旅行の初日の晩、ひめゆり部隊の生き残りの人から話を聞いた時の正直な感想である。

沖縄戦の悲惨さは勿論だが、私は非常に複雑な気持ちを抱いた。というのは、本土人である自分が加害者であるような、いたたまれない気持が拭えないからだ。これが現在の基地問題に至るまで続く日本の現実である。

沖縄よ　波　浪　濤《なみ》が波を呑み

二日目は霧雨に濡れながら、ガマ（防空壕）を見学した。ガマの中は滑りやすく真っ暗で、懐中電灯の明かりだけが頼りだった。

沖縄の霧雨　黄泉《よみ》へ降りていく

イザナギも黄泉へ秋蔦の根を握り

午後は美《ちゅ》ら海水族館へ。海底から眺めるような水槽で、えいや甚平ざめが泳いでいる姿は壮観だった。海豚のショーではスピンジャンプに度肝を抜かれた。

秋うらら永遠《とわ》へ手を振るアシカいて

冠雪の富士や海月《くらげ》は発光する

透明な魚の恋しい　秋の空

三日目は奇跡的に南国の日差しが復活した。スキューバ・カヌー・シュノーケリング・バナナボートと未知の体験へ生徒はそれぞれに挑んだ。瀬底ビーチでは、はだしになり、生徒と一緒に渚で戯れるＨ（萩山ではない）先生の姿が見られた。

ダイビング冬の入日は海底へ
ハイビスカス海に光の道現われ

最終日は、首里城だった。沖縄が琉球と呼ばれていた昔から、日本と中国の狭間で苦労していた歴史がしのばれた。シーサー（狛犬）がいたるところで見られた。シーサーの雌雄の見分け方は、舌を出しているのが雄で、口を閉じているのが、雌だそうである。
那覇空港から空路羽田へ。修学旅行は思い出に変わった。

雲海の果てへ跳ね行く白兎
雲海のたぎり落ちるは神の国

タイムマシン ――H・G・ウェルズ

SFの醍醐味は、論理的にそんなこともあり得ると読者を納得させる点にある。ウェルズは冒頭で、タイムマシンの可能性を主人公の時間《タイム》航行家《トラベラー》を通して、次のように説明する。「どんな物体にしろ、実在するためには、三次元のほかに第四の次元が必要なのだ。長さ、幅、厚み、それと〈持続〉という要素だ。」時間は空間を成り立たせる要素であるという認識は、現在でもなるほどと思わせる。

主人公がタイムスリップした未来は優雅な小人たち、エロイという種族が、労働に煩わされることもなく、踊り、遊んでいるような社会であった。しかし夜を迎えることを恐怖している。肌が青白く、赤い大きな目を持ち、光を恐れるモーロックという食肉人種が徘徊するからだ。作者はエロイは資産家階級、モーロックが労働者階級の末裔であるとする。この小説が発表されたのは、一八九五年である。ウェルズはよく現代の予言者と称される。それはタイムマシンの可能性を発想したからではない。資本主義の行く末を予想したからである。

この小説はロシア革命を予言したと言うことも出来ようし、現在世界で問題化されている格差社会の行き着く果てを暗示しているとも言える。ピケティの『二十一世紀の資本』を引くまでもなく、格差社会は単なる資本主義では解消できない。

資本主義　池面《いけも》の獅子の舌なめずり

終わりに

父は三年前の五月に死んだ。父の死の悲しみを詠んだ句は数少ないが、これは今は亡き父母に対する追悼句集である。

父に一度だけ仕事のことで、愚痴をこぼしたことがある。その場では「そうか」程度のリアクションしかなかった。できる体調でなかったにもかかわらず、その夜東京から静岡まで、私に会わなければならないと言い張って、兄と姉を困らせたそうである。父の葬儀の終わった夜、姉から聞いた時涙が止まらなかった。思い出すたびに不覚にも涙が止まらなくなる。この稿を書いている今もそうである。私ごときにはもったいない父母であった。

さて、詩（もちろん俳句を含む）は日常の中に、言語を手段として、非日常的空間を創り出す営為だと信じている。詩の起源である、祝詞・叙事詩がそうであるように。俳句という型式はそれが可能である。つまり私が俳句によって表現したいのは、「現代の神話」だ。そのように読んでいただければ幸甚である。

序文には、田中陽氏から過分なほめ言葉をいただいた。私にとって最近の最大の喜ばしい出来事は、氏との出会いと、親しく酒を飲み交わすことができるようになったことである。いつまでもお元気でいてください。

最後にこの句集を編むにあたって、「文學の森」のスタッフの方々にお世話になりました。感謝申し上げます。

平成二十八年十月

萩山栄一

著者略歴

萩山栄一（はぎやま・えいいち）

1958年静岡県土肥町生まれ
26歳から作句を始め、熊谷愛子主宰「逢」所属。
現代俳句協会青年部の活動を通して現在に至る。

受賞歴　静岡県俳句協会新人賞、「逢」賞
現　在　「豈」「主流」所属

現住所　〒422-8045　静岡市駿河区西島 912-16

句集　不《ふ》思《し》議《ぎ》の国《くに》

平成二十八年十一月二十五日発行

著　者　萩《はぎ》山《やま》栄《えい》一《いち》
発行者　大山基利
発行所　株式会社　文學の森
〒一六九－〇〇七五
東京都新宿区高田馬場二－一－二
田島ビル八階
電　話　〇三－五二九二－九一八八
ＦＡＸ　〇三－五二九二－九一九九
ホームページ http://www.bungak.com
落丁・乱丁本はお取替えいたします。

印刷・製本　竹田　登

ISBN978-4-86438-598-5 C0092